Lieve knaagdiervrienden, een nieuw

MUIZENISSIG AVONTUUR

van

Geronimo Stilton

GERONIMO STILTON

THEA STILTON

BENJAMIN STILTON

KLEM STILTON

PATTY SPRING

PANDORA WOZ

Tekst: Geronimo Stilton
Oorspronkelijke titel: Agente segeto Zero Zero Kappa
Omslag: Cleo Bianca (ontwerp), Lorenzo Chiavini en Christian Aliprandi (kleur)
Illustraties: Cleo Bianca (ontwerp), Christian Aliprandi (kleur)
Vertaling: Loes Randazzo
Redactie: Anneliet Bannier

© 2007 Edizioni Piemme S.p.A, Via Galeotto del Carretto 10
    15033 Casale Monferrato (AL), Italië - info@edizpiemme.it

Internationale rechten: © Atlantyca S.p.A, Via Leopardi 8
20123 Milaan, Italië
www.atlantyca.com - contact: foreignrights@atlantyca.it

© Nederland: Bv De Wakkere Muis, Amsterdam 2009
    ISBN 978-90-8592-081-6
© België: Baeckens Books nv, Uitgeverij Bakermat, Mechelen 2009
    ISBN 978-90-5461-442-5
    D/2009/6186/29 - NUR 282/283

Geronimo Stilton

GEHEIM AGENT
NUL NUL K

EEN MAN,
EH, EEN MUIS…

Het leek een heel normale doordeweekse ochtend te worden.

Ik had een heel plezierige werkdag voor de boeg… Mijn werk is gi-ga-geweldig!

O, trouwens, mijn naam is Stilton, *Geronimo Stilton!* Ik ben uitgever van de meest gelezen krant van Muizeneiland, *De Wakkere Muis!*

Die ochtend, dus, werd ik wakker en deed de gordijnen open om te kijken of de z O n scheen. Daar beneden op straat stond een man, *eh muis,* met een **donkere** zonnebril op! MUIZENISSIG!

Ik nam een douche, ontbeet en liep naar buiten. Het was mistig, dus besloot ik met de metro naar mijn werk te gaan. Terwijl ik de trap af liep

naar de metro, zag ik een man, *eh muis,* met een **donkere** zonnebril op die dezelfde kant opging! Muizenissig!

Na een paar minuten kwam ik bij de halte waar ik eruit moest en zag… een man, *eh muis,* met een **donkere** zonnebril op, die bij dezelfde halte uitstapte! Muizenissig!

Ik liep het metrostation uit richting Ravioli-
straat 13, het kantoor van *De Wakkere Muis*.
Voor het kantoor stond... een man, *eh muis*,
met een **donkere** zonnebril op,
precies voor de ingang! MUIZENISSIG!
Ik liep mijn kantoor binnen en ging aan het
werk. Tegen twaalf uur knabbelde ik een drie-

dubbele sandwich met gorgonzola weg en keek
uit het raam, ik zag… een man, *eh muis,* met
een **donkere** zonnebril op die op en neer
liep voor *De Wakkere Muis!* MUIZENISSIG!
Om zeven uur 's avonds verliet ik het kantoor.
Het was een l a n g e vermoeiende
dag geweest, een wandelingetje zou me goed

doen. Dus liep ik naar huis, naar de Camembertlaan 8, maar onderweg zag ik… een man, *eh
muis,* met een **donkere** zonnebril op die ook
naar de Camembertlaan liep! MUIZENISSIG!
Ik ging mijn huis binnen en deed de deur achter
me op slot. In de KOELKAST lag een krokant

GEROOSTERD stuk toast met mascarpone voor me klaar; terwijl ik daar op peuzelde, liep ik naar het raam en keek naar buiten. Daar zag ik… een man, *eh muis,* met een **donkere** zonnebril op, hij stond pal voor mijn huis! MUIZENISSIG!

Op dat moment verloor ik mijn **GEDULD.**
Ik trok met een ruk de voordeur open en riep
naar de man, *eh muis,* met de **donkere**
zonnebril, die pal voor mijn deur stond:

'Wie ben je en wat wil je van me?!'

MIJN NAAM IS...

De man, *eh muis,* zette zijn zonnebril af, en zijn snuit plooide zich een millimetertje...
Dat moest waarschijnlijk een **GLIMLACH** voorstellen!
MUIZENISSIG! Het deed me aan iets denken, maar aan *wat?*

Hij stak zijn poten in de zakken van zijn *elegante* **grijze** regenjas.
MUIZENISSIG! Dat deed me aan iets denken, maar aan *wat?*

Toen tikte hij met een vinger op mijn kop: '*KLOP, KLOP,* is er iemand thuis?'
MUIZENISSIG! Dat deed me aan iets denken, maar aan *wat?*

Hij bromde: 'Dit komt je allemaal MUIZENISSIG voor! Maar doet het je ook aan iets denken? Je zult het zo weten. *Mijn naam is...*'

Ik spitste mijn oren.

Hij herhaalde: *'Mijn naam is...'*

Ik verloor mijn geduld: 'Ja, daar gaat het om.

JE NAAM IS?'

Hij grinnikte en zei: *'Mijn naam is... mijn naam is...'*

Ik brulde als een bezetene: 'Zeg op, wie ben je?'

Hij krijste keihard:

'Mijn naam is

Karel Kappa!'

Nu wist ik waarom zijn **GLIMLACH** en dat
TIKKEN op mijn kop me zo bekend voorkwam…
Het was **Karel**, mijn vriendje van de lagere
school!

EEN MUIS IN
EEN SMOKING

Op school zat Karel in het bankje achter mij.
Hij droeg altijd een smoking en een
donkere bril, zelfs 's winters.
Ik voelde altijd zijn ogen, of in ieder geval zijn
bril, op me gericht.
Tijdens een feestje ging hij altijd in een
hoekje zitten, met zijn poten over elkaar, en
keek naar alles wat er gebeurde. Ja, het was een
MUIZENISSIGE man, *eh muis...*
We waren goede vrienden. Ik hielp hem vaak
bij zijn huiswerk (ik was altijd al een studie-
muis...).
Hij beschermde mij tegen pestmuizen.

Maar na de lagere school waren Karel en ik elkaar uit het **OOG** verloren. Jaren en jaren vlogen voorbij, maar dat maakte geen verschil, we waren en blijven goede **vrienden!**
Tante Lilly zegt altijd:

'Wie een vriend vindt... vindt een schat!'

Ik vroeg hem of hij binnen wilde komen: we hadden zoveel tijd in te halen!

'Je volgt me al de hele dag, **waarom**, Karel?'

Hij was verbaasd: 'Hoe weet je dat ik je al sinds vanmorgen volg?'

Ik lachte: 'Kijk, je bent enorm, een **REUS.** Je draagt van 's ochtends tot 's avonds een **smoking** en bovendien een zonnebril, zelfs als het mistig is... Hoe kun je dan onopgemerkt blijven? Trouwens wat voor een werk doe je?'

Hij zei geheimzinnig: '**Top Secret!**'

Ik vroeg verbaasd: *'Hoezo Top Secret?'*

Hij fluisterde: 'Zul je het aan niemand vertellen?'

'**Nee,** natuurlijk niet!' antwoordde ik.

'Weet je het heel zeker? Aan niemand?'

'Heel zeker!'

'En als je het toch aan iemand vertelt?'

'Maar ik zeg toch dat ik het aan *niemand* zal vertellen!'

'Ja maar…'

'Weet je wat, als je het wilt vertellen, vertel je het, anders maar **niet!**'

'Ik vertel het je: ik ben… geheim agent.'

'Wat? Sorry, ik verstond je niet!'

'Ik fluisterde, omdat het geheim is, MAFMUIS!'

Toen fluisterde hij in mijn oor: 'Ik ben geheim agent!'

Ik dacht dat hij een grapje maakte: 'Jij? Geheim agent? In welke FILM?'

Hij werd boos: 'Niet in de film, ik ben in het echt een geheim agent! Mijn

codenaam is OOK, Nul Nul K!'

DE GEHEIME WERKPLAATS
VAN NUL NUL K

Iedereen dacht dat Karel Kappa een echte
edelmuis was. Een kunstkenner en een liefhebber
van sportauto's. Maar in werkelijkheid - en
ik was de enige die dat nu wist - ging hij op
geheime Missies voor de regering van
Muizeneiland. Om me te overtuigen, nam hij
me mee naar zijn landhuis buiten Rokford. Een
hekwerk van smeedijzer, met zijn initialen KK,
omzoomde ook een park met eeuwenoude
bomen. Langs de oprijlaan lagen goed onder-
houden en kortgeknipte grasperken. En
daar stond het landhuis van Karel…

Wat een muizenissig mooi huis!

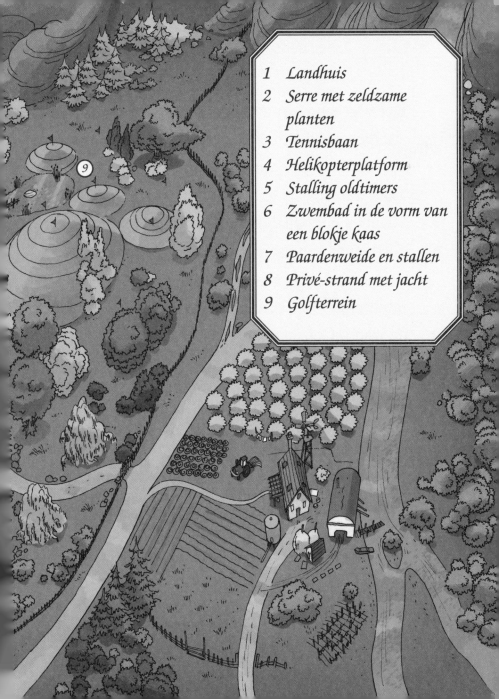

1 Landhuis
2 Serre met zeldzame planten
3 Tennisbaan
4 Helikopterplatform
5 Stalling oldtimers
6 Zwembad in de vorm van een blokje kaas
7 Paardenweide en stallen
8 Privé-strand met jacht
9 Golfterrein

Het was een marmeren gebouw, waarvan de voorgevel rijk Versierd was. Boven de ingang was de lijfspreuk van de familie gegraveerd: HET RIJKSTE BEZIT IS VRIENDSCHAP. Toen we het huis binnenliepen, bleef ik met open snuit van verbazing staan. Het was ingericht met *kostbare* meubels en overal hingen schilderijen van beroemde *oude meesters* aan de wand. Gefascineerd keek ik naar een portret van een muizin boven de open haard.

Wat een muizenissig muizinnetje!

'Aardig, hè?' vroeg Karel. 'Dat is mijn zus **Victoria!** Zij werkt ook als geheim agente, ze is een heel goede! Zij heeft als codenaam 00V. Nul Nul V.'

Op dat moment draaide ik me om en zag haar: daar was ze, *in levende lijve,* dat prachtige muizinnetje van het schilderij!

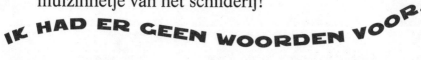
IK HAD ER GEEN WOORDEN VOOR.

Wat een muizenissig muizinnetje!

'Maar dan ben jij het schilderij… *eh* de muizin
van het portret… het muizinnetje geportretteerd
op het portret…'

Ze trok haar snuithoekjes een millimeter op…
Dat moest waarschijnlijk *haar glimlach voorstellen…*
Ach, het zat in de familie!

Nul Nul V was verdwenen, maar in de kamer
hing nog haar **mysterieuze** geur,
delicaat, *geraffineerd*.

Wat een muizenissig muizinnetje!
Kappa tikte op mijn kop:
'KLOP, KLOP, is er iemand thuis?'
Hij nam me mee naar de bibliotheek,
en we zakten weg in de diepe **leren**
fauteuils.
Even later streek hij over zijn armband en...
met een luid gesis verschoof ------→ het
tapijt en werd een luik zichtbaar. De stoelen
werden een lange tunnel ingeschoten,

Ik **kneep** mezelf even om te kijken of ik
wakker was. Ik kon het niet geloven.
Maar het gebeurde echt, helemaal echt!

GEHEIME WERKPLAATS VAN NUL NUL K
1. Luik 2. Tunnel 3. Geheime werkplaats 4. Plasmascherm en computer 5. Mega Interactieve Globe 6. Wetenschapslab 7. Windtunnel controlepaneel 8. Garage voor het NulNulmobiel, de NulNulMotor, de NulNulVliegmachine en andere transportmiddelen 9. Lift voor de NulNulTransportmiddelen 10. Geheime uitgang NulNulTransportmiddelen 11. Geheime baai voor het NulNulJacht

IK BEN
GEHEIM AGENT...

We zaten in een *fraaie* salon, nog steeds in de **leren** fauteuils, maar nu ondergronds op een geheime en erg **MYsterieuze** plaats.

Ik zat te **trillen**. Hij was rustig, zoals altijd. **Karel**, codenaam **Nul Nul K,** liet mij zijn geheime uitrusting zien. Alle trucjes en handigheidjes die verstopt zaten in zijn **smoking,** zijn **zonnebril,** ja tot aan zijn **vlinderdasje** aan toe!

Toen keek hij mij strak aan met zijn **grijze** ogen, en ik begreep dat hij eens **serieus** met me wilde praten.

Flexibele vlinderdas, om als touw te dienen.

Bril, verrekijker, ook voor 's nachts

Riem met bretels, om als tuig te dienen.

Polshorloge met microcamera.

Inbraak-gereedschap.

Mobiel met camera en computer.

Muisstille zolen met anti-zwaartekracht-effect.

Anti-katten-jas.

Anti-katten-radar (speurt katten binnen een straal van 3 km op).

Draagbare opblaasboot.

Reserve-microvlooien, hevig jeukend!

Ring met niespoeder.

Kamille-extract, werkt als slaapmiddel.

Pen met ingebouwde microfoon en stink-bom.

NUL NUL K

NAAM: Karel Kappa

CODENAAM: Nul Nul K

BEROEP: geheim agent

HOE TE HERKENNEN:
Draagt altijd en overal een smoking en een zonnebril, zelfs midden in de nacht.

NUL NUL V

NAAM: Victoria Kappa

CODENAAM: Nul Nul V

BEROEP: geheim agent

HOE TE HERKENNEN:
Ze verspreidt altijd en overal een mysterieuze geur, delicaat en geraffineerd... dat maakt haar des te aantrekkelijker!

'Ik zal je uitleggen waarom ik je op kwam zoeken!' zei Karel en hij deed een **zwart** koffertje open. Hij haalde er een pak kranten uit. 'Kijk, deze artikelen gaan allemaal over jou! Zelfs met **kleurenfoto's**. Als je ze leest, weet iedereen waar je woont, waar je werkt, waar je naartoe gaat op vakantie, wie je vrienden zijn, wat je lekker vindt, waar je je kleding koopt...'

Ik glimlachte opgewekt.

'Als ik een interview geef, antwoord ik altijd eerlijk op alle vragen!'
Karel tikte op een foto: 'Maar als er een miezerige muis rondloopt die kwaad wil, je moeilijkheden wil bezorgen, MAFMUIS die je bent, is dat een **makkie!** Jij hebt echt iemand nodig die je beschermt, zelfs tegen jezelf! *En dat ben ik!*'

'Nee, dank je!' sloeg ik zijn aanbod vriendelijk af. 'Ik heb geen bescherming nodig, echt niet!'

Hij drong aan. 'Ik ben niet alleen een **geheim agent,** maar ook je vriend!'

Hij somde op wanneer hij goed van pas kon komen. 'In duizenden situaties: ik ben goed in vermommingen, SPORT, vechtkunst, schaduwen, communicatie, geheime codes ontcijferen maar bovenal in... boevenjacht!'

Ik bleef bedanken: 'Bedankt, Karel, maar ik heb echt geen hulp nodig!'

'Beloof me dan in ieder geval dat je me onmiddellijk zult bellen als je me ooit nodig hebt!'

Ik bedankte hem van ganser harte en nam afscheid.

Dat was wat je noemt een **goede** vriend!

...of je wordt aangereden door een auto...

...of je wordt door een rioolrat ontvoerd...

...of je valt in een gat...

...of een zeurende auteur valt je lastig...

...of een horde fans achtervolgt je...

HET GAAT GOED,
HEEL GOED ZELFS!

De volgende ochtend was ik opgewekt en
vrolijk. Ik liep naar kantoor.
Het was stralend weer, met af en toe een
straf windje.
Ik hield wel van een stevig windje. Ik weet nog
dat ik als klein, klein muisje graag
ging vliegeren.

Dat ging goed, heel GOED ZELFS!

Terwijl ik zo naar kantoor liep, bedacht ik dat
Karel wel een hele goede vriend was, maar hij
maakte zich veel te veel zorgen om niets.

Toen ik op kantoor aankwam, bij *De Wakkere Muis,* was de wind aangewakkerd en ging nu behoorlijk tekeer. In de gang kwam ik Annalita Tekstmuis tegen, een goede redactrice maar ook een goede vriendin.
'Geronimo, vandaag is die belangrijke vergadering, met de minister en je opa…'
Ik was verbaasd: 'Welke vergadering?

Welke minister? **Welke** opa? Nee, ik bedoel, opa weet ik, maar de rest?' Annalita antwoordde: 'Maar dat weet je toch wel, die belangrijke vergadering met de minister van Cultuur! Ze doen immers onderzoek naar OUÐE uitgeverijen van Muizeneiland, zoals *De Wakkere Muis*. Sommigen bestaan al sinds de 16e eeuw.'

Ik moet eerlijk zeggen dat ik die hele vergadering vergeten was; waarschijnlijk omdat het een saaie vergadering zou worden, oervervelend! Mopperend kwam ik bij mijn kantoor aan en deed de deur open zonder erbij na te denken.

O, WAT WAS IK TOCH EEN WARMUIS!

De vorige dag, toen ik naar buiten had gekeken om te zien wie die muis met de **donkere**

bril was, had ik het RAAM open laten staan!
Dus toen ik de deur opendeed, met die stevige
wind die er waaide, wervelde alles
door mijn kantoor, zo het raam uit. Ook een
grote envelop met een rood lakzegel dat op
mijn bureau had gelegen!

Ik maakte een noodsprong om hem
nog te pakken, maar… stootte met mijn snuit
tegen het bureau!

Terwijl ik het PIJNLIJKE puntje van mijn
snuit masseerde vroeg ik me af: 'Wat zou daar
in hebben gezeten? Nou ja, het was maar een
envelop… misschien was het niet belangrijk.'

MISSCHIEN WAS HET WEL RECLAME

De Wakkere Muis

Ja, maar wat als het nu een brief van een
vriend was, of een contract... Of een
cheque? Of een brief van een muizinnetje?
Er kan van alles in een envelop zitten...'
Ik liep naar het raam en zag de envelop
vrolijk dansen in de wind.

Ik maakte me een beetje
ongerust...
Wat zou er in zitten?

Ik had het raam open gelaten... en er stond een stevige wind!

Een windvlaag tilde een grote envelop met rood

lakzegel op... Ik dook om hem te pakken...

maar de wind tilde hem op...

en ik, ik stootte mijn snuit tegen het bureau!

Wie weet wat er in zat?

EEN VERLOREN ZAAK!

Op dat moment zwaaide de deur open en opa Wervelwind kwam binnen.

'**kleinzoon!!!** De vergadering is al begonnen! En wat ben jij aan het doen als ik vragen mag? Tijd verspillen in plaats van nuttig te zijn, hè? Denk je slim te zijn?'

'Nee, opa, nee,' mompelde ik. 'Ik, ja, *eh*, ik was… je zou kunnen zeggen dat ik mijn papieren aan het **ordenen** was!'

'Ik heb anders het gevoel dat je beuzelt. Biecht maar op! Wat heb je uitgehaald? Ik zie het altijd aan je snuit als je iets hebt uitgehaald!'

'Er was een klein probleempje met een, *eh,*

met een envelop... niet belangrijk!'

'Laten we de *minister van Cultuur* dan
niet langer laten wachten! Hij zit met alle
bestuursleden van de Raad voor de Restauratie
van Oude Uitgeverijen in de vergaderzaal. Doe
je best, laat me geen flater slaan!'

We gingen op onze plaatsen zitten.

Papyrus Papierwinkel, de minister van Cultuur,
nam het woord: *'Eh,* ahum, *eh...* Waarde
knagers, ik hou het kort...'

Toen maakte ik me zorgen. Meestal als een
knager een toespraak houdt en zegt dat hij het
niet lang zal maken... wordt het vaak een
l a n g e, *heel lange, ultra-mega-macro-
enorm-rampzalig-vreselijk-overdreven lange*
toespraak!

Even later viel ik in SLAAP...

Ik werd wakker door een loeiharde kreet.

'Kleinzoon!!!' brulde mijn opa.

'Ja, wie, wat, waar?' antwoordde ik.

'Kleinzoon, wat doe je, slaap je?'

'Nee, ik dacht na...'

'Heb je de minister niet gehoord? Hij wil graag het antieke, zeldzame en kostbare document zien. Annalita schijnt de envelop op je bureau te hebben gelegd!'

Ik dacht: Wat een muizenpech, dat zat er dus in die envelop. Hoezo RECLAME? Ik mompelde:

'Ik geloof... dat... ik... het kwijt ben...'

Hij tierde: **'Kleinzoon!!!** Luister goed, ik wil dat document hier op tafel, morgenochtend om negen uur!'

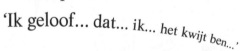

Ongeloof

Verbazing

Verwarring

Ontsteltenis

Alle ogen waren op mij gericht.

Ik voelde hoe ik flauwviel...

Als in een film in slow motion zag ik in hun ogen: *ongeloof... verbazing... verwarring... ontsteltenis... ontzetting... irritatie... verontwaardiging... woede... begrip... medelijden.*

Ontzetting

Ik SCHAAMDE me diep en zei: '*Eh*, knagers de vergadering is gesloten… De envelop is VERDWENEN, weggevlogen... naar beneden...

Irritatie

maar het is niet mijn schuld!'

Iemand zei: 'Ach, arme, nu slaat hij ook al WARTAAL uit! Dit is een verloren zaak!'

Verontwaardiging

Medelijden

Begrip

Woede

WIL IK DIT
WEL WETEN?

Ik liep met hangende kop en schouders naar mijn kantoor.

Na een paar minuten kwam **OPA WERVELWIND** binnen.

Hij smeet niet eens met de deur, VREEMD!

Hij brulde niet, VREEMD!

Hij keek me muisstil aan, VREEMD!

Hij leek kalm, maar stond net als een *VULKAAN* op uitbarsten. Hij kookte als een hogedrukpan. Hij...

Hij zei WREVELIG: 'Kleinzoon! Weet je wel wat er in die envelop zat?'

'Eh, ja, een antiek en kostbaar document...'

Met een ijskoude blik vroeg hij: 'En waarom is
het kostbaar?'

'Eh, misschien omdat het antiek was?'

Hij BARSTTE uit: 'Nee, het was kostbaar omdat
dat het *enige* document is waarmee wij kunnen
bewijzen dat het stuk grond waarop *De Wakkere
Muis* gebouwd is, van ons is! Weet je wat er
gebeurt als dat document in handen valt van
Ratja Ratmuis, bijvoorbeeld?'

Ik fluisterde: 'Ik denk niet dat ik dat wil weten!'

Hij kon zich niet meer inhouden: 'Dan raken we
De Wakkere Muis kwijt! Dat gebeurt er!'

Ik wil het niet weten!

HELEMAAL IN
EEN DIP...

Toen opa mijn kantoor uitliep, ging er van
alles door mijn kop... de ene gedachte nog
tragischer dan de andere... Ik kreeg zelfs een
beeld van Ratja Ratmuis die met een grote
envelop stond te zwaaien. Er zat een rood lakzegel op! Ze piepte opgewekt: *'De Wakkere
Muis* is van **mij, mij** en nog eens **mij!** *Wat ik
je brom!'*

Ik dacht: Dat lukt me nooit, die envelop terugvinden voor morgenochtend negen uur! Wie
weet waar hij terechtgekomen is?

waar waar waar waar waar waar waar waar waar waar waar waar waar waar waar Waar waar waar waar waar

Toen zag ik op mijn bureau de FOTO die was
gemaakt toen ik de Kilimanjaro beklom en
ik zei tegen mezelf: 'Als ik de Kilimanjaro
kan beklimmen, kan ik ook een envelop
terugvinden!'

Het was pas twaalf uur, ik
had nog eenentwintig uur de tijd!

Ik voelde de energie stromen...

Ik nam *pen en papier* en begon een lijst op te stellen van wat ik allemaal moest doen.

Alles eens op een rijtje zetten is uiterst NUTTIG, soms. *Gi-ga-geitenkaas,* alles weer op een rijtje, dat klonk goed!

Ik begon mijn punten af te werken. Punt één: kalm blijven.

Toen belde ik Thea, maar ik kreeg haar antwoordapparaat: 'Ik ben er even niet, spreek een boodschap in na de piep... *piep!'*

Ik belde Klem, maar ook hij was er niet: 'Sorry, vrienden, maar ik kan effe niet aan de telefoon komen; ik heb een **SOUFFLÉ** in de oven staan! *Piep!'*

Patty belde ik niet. Ik **SCHAAMDE** mij te **diep,** dan moest ik haar het hele verhaal vertellen...

Dus belde ik Hyena en ik kreeg ook zijn voicemail: 'Ik ben er niet! Als je me wilt spreken, zie maar dat je me vindt ....➤ in het tegenwoud!

(Ik ben benieuwd, hahaha...)

O, en... nee, het heeft geen zin mij mobiel te bellen: ik heb daar geen bereik! *Piep!'*

Toen belde ik Speurneus Teus. Alweer een antwoordapparaat: 'Hallo bananenknager, ik ben er niet! Ik ben iets op het spoor! Maar pas op, misschien loop ik wel achter je...

HAHAHA! *Piep!'*

Waarom was er niemand thuis nu ik hen nodig had?

Heel even dacht ik aan *Nul Nul K.* Maar toen dacht ik: Laat maar!

Ik SCHAAMDE mij te diep. Ik had hem net verteld dat ik hem niet nodig had en dan nu...

Ik zuchtte: 'Goed, dat betekent dat ik er **ALLEEN** voor sta!'

Toen gilde ik: **'ALLEEN?** Help! Hoe ga ik dit doen?'

Ik dacht weer aan mijn eerste punt op het lijstje: kalm blijven.

KWEBBELEN, RATELEN
EN BABBELEN

Ik was gespannen, zeg maar GESTREST, om heel eerlijk te zijn gewoon in paniek! Gezien het resultaat... sloeg ik het eerste (kalm blijven) en het tweede (vrienden om hulp vragen) punt maar over en ging door naar punt drie en vier. Ik pakte een PLATTEGROND van Rokford en rolde die uit op mijn bureau. Toen toetste ik het nummer van de Meteorologische dienst in.

1) KALM BLIJVEN
2) VRIENDEN OM HULP VRAGEN
3) METEOROLOGISCHE DIENST BELLEN VOOR WINDSNELHEID EN RICHTING
4) OP DE PLATTEGROND VAN ROKFORD BEPALEN WAAR DE ENVELOP TERECHT IS GEKOMEN
5) POTEN UIT DE MOUWEN!

BELANGRIJK
VOORRAADJE KAASCHOCOLAATJES MEENEMEN, VOOR ONDERWEG!

'Eh, dag knagerin, mijn naam is Stilton, *Geronimo Stilton!* Ik wil graag weten in welke richting en met welke kracht de wind blies vanmorgen in Rokford. Vanaf 9 uur tot ongeveer 12 uur...'

'*Mijnheer Stilton, wat een eer!*

Ik ben een groot fan! Vertel eens, hoe komt het dat u opeens zo in de WIND geïnteresseerd bent, hè?'

Ik voelde hoe mijn oren rood kleurden van schaamte: 'Eh, eigenlijk... dat is voor een *privéaangelegenheid,* dat kan ik echt niet vertellen.'

Ze begon te fluisteren: 'Ik zal het aan niemand vertellen, echt aan niemand, niemand! Weet u, mijnheer Stilton, de wind maakte juist vandaag rare capriolen! Zo ongeveer ieder kwartier veranderde hij van

richting! Zoiets raars hebben we al in geen eeuwen
meegemaakt!'

Ik wist niet wat ik moest
doen, flauwvallen of **HUILEN.**
Waarom vandaag?
Waarom ik?

De weermuizin kwebbelde
verder: '*Mijnheer Stilton*, bent u daar
nog? Bent u er klaar voor?'

En ze begon allerlei informatie op te ratelen.

Arme ik!

Na een uur stond mijn linkeroor in **BRAND**,
mijn rechterpoot was **lam** en mijn kop

en de muizin **babbelde** maar door. Ze was er zelfs al in geslaagd een afspraakje met mij te maken voor een etentje de volgende week!

Arme ik!

Maar ik had wat ik nodig had, toch?

De vermoedelijke route zoals ik die op de plattegrond had uitgetekend!

BLIJF MET JE POTEN UIT MIJN AFVALEMMER!

Ik keek op mijn horloge, het was 14.30 uur, ik had nog 18 uur en 30 minuten tot het uur U!

Ik had geen tijd te verliezen!

Punt 5 was aan de orde: **POTEN** uit de mouwen! Aan het werk! Dus stortte ik mij in het **straatgewoel.**

Ik liep naar de haven van Rokford, daar waar een **X** stond op de kaart. Daar zou ik de envelop terugvinden, hoopte ik.

Ik liep en rende, mijn poten **ROOKTEN,** zo
warm werden ze!

Ik zocht de envelop in ieder hoekje en gaatje
van de haven. In en op de boten. Op de kades.
In de netten die te **DROGEN** hingen.

In de bek van de tonijn...

Ik was **KAPOT,** maar van de envelop geen
spoor!

Ik keek zelfs onder de geparkeerde auto's. In de
afvalemmers en vuilcontainers (hier in de haven
zaten die vol met visafval, brrr dat stonk!).

Ik was **KAPOT**, maar van de envelop geen spoor!

Terwijl ik met mijn snuit in een afvalemmer hing, werd ik herkend door een knagerin (de tante van Patty)…

'He, ben jij niet… *Geronimo Stilton?*

SCHAAM JE!'

Even later zag een andere muis me, een vriend van mijn opa. Hij keek me **afkeurend** aan.

'Maar dat is *Geronimo Stilton?*

SCHAAM JE!'

Ik stak mijn snuit nog dieper in de vuilnisbak om me te verstoppen, maar een jong muizinne-tje (Do Sente, de juffrouw van Benjamin) gilde: 'Ben jij dat, *Geronimo Stilton?*

SCHAAM JE!'

Van mijn goede REPuTATiE was niets meer over, maar van de envelop geen spoor!

Ik keek in de vuilnisbakken met stinkende visresten!

Hé, ben jij niet... Geronimo Stilton?

Maar dat is Geronimo Stilton!

Ben jij dat, Geronimo Stilton?

AAN DE VOET VAN
EEN STINKENDE BERG

Mijn REPUTATIE was naar de maan, maar van
de envelop geen spoor!

Moedeloos ging ik op de stoeprand zitten en
dacht: Gi-ga-geitenkaas, ik heb honger!

Dat was het moment dat ik
erachter kwam dat ik een
belangrijk punt op mijn lijstje
totaal vergeten was: Voorraadje
KAASCHOCOLAATJES mee-
nemen, voor onderweg!

Ik wreef over mijn PIJNLIJKE lege
maag… toen ik opeens iets bedacht.
Natuurlijk! Waarom had ik daar niet eerder aan
gedacht! Rokford was een *keurig nette* stad:
het afval wordt 3x per dag opgehaald. Dus als
de envelop op straat had gelegen, had de vuilop-
haaldienst die vast OPGEVEEGD en in een
vuilnisemmer gegooid. En als de vuilnisemmers
waren geleegd, was de envelop nu… op de
VUILNISBELT!

Weggooien kan altijd nog, misschien kan dat wat jij niet meer nodig hebt gerecycled worden, oftewel hergebruikt!

Een aantal soorten afval, **papier, plastic, glas** en **blik,** wordt verzameld en hergebruikt voor het maken van nieuwe voorwerpen. Je geeft dan als het ware een nieuw leven aan afval. Daarmee voorkom je niet alleen dat de hele wereld een grote vuilnisbelt wordt, maar bespaar je ook op grondstoffen.

Gescheiden afval
Als we afval scheiden, naar materiaal inzamelen, zoals op veel plaatsen gebeurt (verschillende containers voor glas, plastic, oude kleren, blik, papier, enz.), kan dit direct naar de juiste verwerkingsplaats worden gebracht en worden hergebruikt.

In Rokford scheiden we:

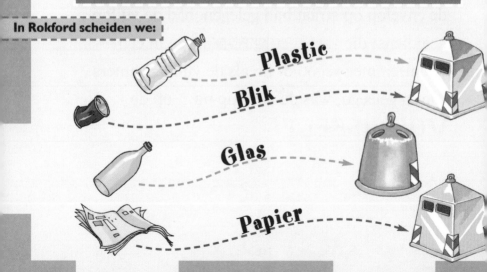

Plastic

Blik

Glas

Papier

Waar gaat dit afval heen?

Zuiver afval, dus alleen glas of alleen papier, gaat naar de punten waar met dit afval een nieuw product kan worden gemaakt.

Van GFT-afval, groen- en tuinafval, wordt grotendeels compost gemaakt.

Gemengd afval, wat niet gescheiden werd ingezameld, en het overige afval wordt verbrand in verbrandingsovens. De resten daarvan, slakken genaamd, worden vaak gebruikt voor het maken van wegen bijvoorbeeld.
Tijdens het verbranden komt energie vrij die ook weer kan worden gebruikt.

EN WAT KAN JIJ DOEN?

- Spoel flessen om voor je ze naar de glas- of plastic-container brengt.
- Gooi papier niet bij het afval, zelfs niet als het maar een klein papiertje is: doe alles bij het oud papier.
- Hergebruik spullen die je niet meer nodig denkt te hebben. Maak van een leeg ijsbekertje een leuk bootje! Gebruik je fantasie!
- Bedenk voor je iets nieuws koopt eerst: heb ik dit echt nodig?

Op dat moment zag ik een vuilniswagen voor-
bijkomen. Ik sprong op en rattenrap rende ik er
achteraan.

Ik *rende, rende,* rende, rende, rende mijn longen uit mijn lijf!

Ik **RENDE, RENDE, RENDE** tot ik bij de vuilnisbelt kwam. Wat een berg!

En wat een STANK!

Ik was buiten adem en moest even gaan zitten
op een berg afval.

AFVAL, AFVAL EN NOG EENS... AFVAL!

Even later kwam er een vrachtwagen die er een hele lading "vers" afval dumpte. De aarde trilde en beefde.

Ik rolde naar beneden en graaide en grabbelde om mijn kop boven "water" te houden...

Ik rolde rolde rolde rolde rolde rolde rolde rolde rolde rolde rolde rolde rolde rolde rolde rolde rolde rolderolde rolde rolde rolde

helemaal naar beneden. Ik had mijn nek wel kunnen breken!

Wat gevaarlijk!

Tijdens het rollen voelde ik hoe iemand
zachtjes op mijn schouder tikte.
Een knagersstem vroeg: *'Hulp nodig?'*
Ik stamelde zachtjes: 'J-ja, g-graag!'
Even rook ik ook een **mysterieuze** geur,
delicaat, *geraffineerd.*
Dat deed me aan iets denken, maar wat?
Toen viel ik FLAUW.

Toen ik weer bijkwam, was ik nog op de vuilnisbelt. Ik keek om me heen, maar zag niemand.
Wat MUIZENISSIG! *Wie had me gered? En
waarom was hij verdwenen?*
Vreemd...

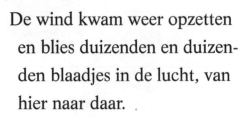

De wind kwam weer opzetten
en blies duizenden en duizenden blaadjes in de lucht, van
hier naar daar.

Op dat moment, precies op dat moment…
zag ik hem!

Dat was de envelop, van perkament
met een rood lakzegel!

Hij vloog op en weg… en opnieuw haal ik het nakijken.

Het leek wel opzet!

De envelop maakte een elegante pirouette en verdween in een put.

IN DE PUT,
UIT DE PUT

Ik had geen keus!

Ik mocht de envelop **absoluut** niet uit het oog
verliezen! Ik moest erachteraan!

Dus tilde ik het putdeksel op en zette mijn poot
op de eerste trede, maar ik gleed uit... en viel!

Ik viel naar beneden, verder naar beneden en
nog verder naar beneden. Het was **pikkedonker!**
Ik dacht dat de landing in zicht was, maar nee.
Ik viel en viel en viel, *steeds dieper, oneindig diep!*

Een onzachte landing en ik zou gebutst en
gekneusd zijn als een overrijpe tomaat.
Maar gelukkig (of misschien helaas) landde ik
in een stroom groene stinkende DRAB.
O ja, toen wist ik wel waar ik was:

 IN HET RIOOL VAN ROKFORD!

Lekker!!! Bah! Arme ik!
Plotseling schoot mij te binnen:
Wie weet hoe die envelop er nu uitziet?
Een ding was zeker, als hij eruitzag zoals ik, had
ik morgen een probleem!

Een **groot** probleem!

Ik moest er niet aan denken wat opa me zou zeggen. Wat opa met mij zou doen!

Opeens zag ik twee gele ogen fonkelen in de duisternis. Brrr... ik was bang!

Ik meende zelfs gegrinnik te horen:

'Hihihihi! Hihihihi! Hihihihi! Hihihihi!'

Wie zou hier nu wonen?

Ja, wie, o wie?

Mijn snorharen trilden van angst en mijn knieën knikten!

Wie woont er in het riool? Wie, o wie?

Dat kon alleen maar een verschrikkelijk MONSTER zijn!

Maar ik besloot de OGEN toch maar te volgen, zij waren de enige lichtpuntjes in mijn duistere bestaan... en ja, ik zal het eerlijk toe-geven: ik ben bang in het donker! Ik zwom er de hele tijd achteraan. Ik was kapot!

Op een gegeven moment hoorde ik het gegrinnik weer:

'Hihihihi! Hihihihi! Hihihihi! Hihihihi! Hihihihi! Hihi

Toen dacht ik: Waarom heb ik de hulp van Karel niet ingeroepen?

Ik riep: 'Ik wil dat iemand me beschermt, dat iemand me helpt!' en ik barstte in snikken uit...

De twee lichtjes kwamen **dichterbij**, **dichterbij**, **dichterbij…**

WAT ENG!

Twee gele ogen die me strak aankeken!

Het waren de ogen van een gi-ga-grote, gemene

krokodil!

Dus het was waar! Er deden verhalen de ronde over een grote **krokodil** die in het riool van Rokford leefde!

En dat was nog niet alles, maar tussen de kaken van die gi-ga-grote gemene **krokodil** zat mijn envelop geklemd! Met het rode zegel!

Iemand raakte zachtjes mijn schouder aan en een knagersstem vroeg zachtjes: 'Hulp nodig?'

Ik mompelde : 'J-ja, g-graag!'

Even dacht ik een **mysterieuze** geur op te

snuiven… dat deed me aan iets denken, maar

wat?

Toen viel ik **FLAUW.**

Toen ik weer bijkwam, was ik buiten en kwam

de zon al op. Ik keek om me heen, maar zag

niemand.

MUIZENISSIG!

Wie had me gered?

En waarom was hij weggegaan?

Vreemd…

Wie had me gered en waarom?

OP, OP, OP
NAAR RATJA RATMUIS

Er tolden duizenden vraagtekens door mijn kop.

Wat was er gebeurd?

Hoe was ik uit het riool gekomen?

Wie was mijn mysterieuze redder?

Maar bovenal wilde ik weten: **waar** was de
envelop gebleven met het rode lakzegel die de
krokodil tussen zijn tanden hield?

Ik keek omhoog en zag… de envelop!

Hij vloog op, op, op! Zo een openstaand raam binnen.

Dat was het kantoor van Ratja Ratmuis.

O nee, niet daar!

Ratja geeft *De Rioolrat* uit, de krant die concurreert met *De Wakkere Muis.*

Ik kon daar nu toch niet naar binnen gaan. Ik kwam net uit een **groen** stinkend **RIOOL...**
Ik zag de krantenkoppen al voor me:
GERONIMO STILTON, DIEPER KAN HIJ NIET ZAKKEN!
En toch… ik had geen andere keus!
Ik keek op mijn horloge en het was half negen.

Ik had de hele nacht in het riool **rondgedobberd!** *Gi-ga-geitenkaas!*
Ik had nog maar een halfuurtje tot het uur van de waarheid.

Daarna zou opa mij **vermalen,** vermorzelen,
VERPULVEREN en vernederen waar iedereen
bij was!

Ik had geen andere keus! Ik moest daar naar
binnen!

Ik *sloop* ongezien door de gangen naar
het kantoor van *De Rioolrat.*

Een **enorme** KOUDE witte ruimte:

het kantoor van Ratja Ratmuis.

Ze zat achter haar driehoekige bureau van kristal.

Ik rilde. Daar lag de envelop met het rode lakzegel!

O ja! Op het kristallen bureau!

'Geronimo Stilton! Ik zie heus wel dat jij het bent onder al die vuiligheid. Wat ik je brom! VERTEL OP! Wat doet een nette man, *eh muis,* zoals jij op dit uur van de dag terwijl hij er zo uitziet? Hier zit iets achter!

Wat ik je brom! En mijn journalistenneus zegt dat het iets met *deze* envelop te maken heeft.

De WIND heeft hem op mijn bureau gelegd... dus nu is hij van *mij!'*

Ze pakte hem op en wapperde ermee onder mijn snuit.

Ik zette alles op alles!

DEZE ENVELOP IS VAN MIJ! WAT IK JE BROM!
Eh, Ratja... er zit een spin op je schouder!
WAAR, WAAR, WAAAAAAAAAAAAAAAAAAAAAAAAAAAAAR!

'Eh, Ratja, er zit een SPIN op je schouder!'
Ze liet met een kreet de envelop vallen.
'Waar, waar, waar?'
Ratja draaide als een dolle in het rond en
bleef maar gillen: 'Waar, waar, waar?'
Ik maakte van de gelegenheid gebruik en ratten-
rap piepte ik hem, met envelop!

Maar Ratja greep me bij mijn staart!

Ik viel op de grond en de envelop vloog weg,
het raam uit!
Nu was ik hem kwijt, voor altijd!
Ratja belde haar lijfwacht, BODDIE KARD:
'Boddie? Ik heb hier een zwendelmuis,
Geronimo Stilton. Ah, die ken je? Goed, kun je
even hier komen en hem een lesje leren!'
Nog geen seconde later kwam er een enorme rat
door de deur, die mij bij mijn staart pakte en
wegsleurde. Dat was de lijfwacht van Ratja!

'Waar dacht jij heen te gaan, *knopendraaier?*'

Hij **sleurde** me naar de bezemkast en sloot me op.

'Ik laat je hier zitten tot de lust je **SNUIT** in andermans zaken te steken vergaat...'

Ik zat opgesloten in het donker, ik was zo bang dat ik in **snikken** uitbarstte.

Opeens hoorde ik dat de sleutel werd omgedraaid.

IEMAND raakte zachtjes mijn schouder aan en een knagersstem vroeg zachtjes: 'Hulp nodig?'

Rook ik nu weer een **mysterieuze** geur?

Het deed me aan iets denken, maar wat?

Ik stamelde: 'J-ja, g-graag!'

En... ik viel **FLAUW.**

EEN VRIEND IS EEN VRIEND
IS EEN VRIEND...

Toen ik bijkwam, was ik buiten, op de stoep, voor het kantoor van *De Rioolrat*. Het was kwart voor negen. Ik keek om me heen,

Niemand!

MUIZENISSIG!

Wie had me gered?

En waarom was hij weggegaan?

Vreemd...

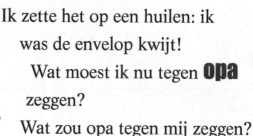

Wie heeft me gered en waarom?

Ik zette het op een huilen: ik was de envelop kwijt! Wat moest ik nu tegen **opa** zeggen? Wat zou opa tegen mij zeggen?

En wat zouden mijn medewerkers wel niet zeggen als ze erachter kwamen dat het **mijn schuld** was dat we *De Wakkere Muis* kwijt raakten? Ach, ach, ach!

Ik kon niet meer op mijn POTEN staan, zo moe was ik. Ik STONK als een vuilnis-

emmer met VISRESTEN en was doorweekt met stinkende, GROENE DRAB.

Op dat moment, *precies* op dat moment, hoorde ik een stem.

Op hetzelfde moment, op precies hetzelfde moment, rook ik een **mysterieuze** geur, delicaat en *geraffineerd*.

Iemand raakte even mijn schouder aan en een knagersstem vroeg: 'Hulp nodig?'

'J-ja, g-graag!'

Ik Sprong op: dat was de stem van Karel. Ik draaide me om en daar stond hij, vlak voor me, Nul Nul K, samen met haar... de aantrekkelijke Nul Nul V.

'Hoe kunnen we je helpen?'

Ik zuchtte wanhopig: 'Ik ben een envelop kwijt, een heel belangrijke envelop!'

'Een envelop?' vroegen ze tweestemmig.

'Ja, ik ben hem kwijt,
voor altijd...'
Ze trokken alle twee hun
snuithoeken een millimeter op.

Ik snikte: 'Zelfs jullie kunnen hem niet vinden!
Verloren zaak!'

Ze trokken alle twee hun *snuithoeken* twee
millimeter op.

'Was het... een perkamenten envelop?'

'Ja!' antwoordde ik verbaasd.

'Een perkamenten envelop met een rood
lakzegel?'

'Ja, ja!' gilde ik verbaasd.

'Een perkamenten envelop met een rood
lakzegel geadresseerd aan *De Wakkere Muis?*'

'Ja, ja, ja,' krijste ik verbaasd.

'Alsjeblieft!' zei Nul Nul K en hij trok zijn snuithoeken drie millimeter op.

'Verloren zaken zijn onze specialiteit!'

Dolgelukkig snikte ik: 'Bedankt!'

'Graag gedaan. Makkie. Geen moeite!'

Karel fluisterde in mijn oor: 'Zie je nu wel dat je mijn hulp nodig had? Mijn zus heeft ook een pootje geholpen...

Je hebt indruk gemaakt!'

Toen begreep ik alles: dat was die **mysterieuze** geur die ik steeds geroken had!

Helemaal in de **war** mompelde ik: 'Bedankt,
bedankt, juffrouw Kappa... *eh...* **Nul Nul V**,
of mag ik misschien... *Victoria* zeggen?'

NOG VIJF,
VIER, DRIE...

Ik keek op mijn horloge: VIJF VOOR NEGEN!
Door alle opwinding was ik het voornaamste bijna vergeten!
De envelop, die moest ik aan opa geven... voor negen uur!
Gelukkig was ik vlakbij *De Wakkere Muis.*
GI-GA-GEITENKAAS! Nog maar vijf minuten tot het uur van de waarheid.

Dan zou opa me **vermalen,** vermorzelen, VERPULVEREN en vernederen waar iedereen bij was!

Rattenrap *RENDE* ik naar kantoor, als een tornado wervelde ik naar binnen en stortte me aan opa's POTEN.

'Kleinzoon, ik wist wel dat het je zou lukken! Want anders had ik je **vermalen,** vermorzeld, VERPULVERD en vernederd… Natuurlijk snap je dat in die envelop alleen maar een `kopie` zit! Het originele document is veilig opgeborgen, in de voering van mijn vestje! Ik wilde je testen… Maar wees gerust, je bent geslaagd! GOED GEDAAN!'

Toen… viel ik *FLAUW.*

EEN GOEDE VRIEND...

Ze hebben me op een **brancard** naar huis
gebracht.

Ik was uitgeput: ik sliep de hele dag en nacht,
24 uur achter elkaar.

De volgende dag kwam **Nul Nul K** bij me op
kantoor. Ik bood hem mijn excuses aan.

'Ik had gewoon moeten toegeven dat ik hulp
nodig had. Ik was **fout**. Maar er is iets wat
ik nog niet snap... Waarom ben je me blijven
volgen, ook al vroeg ik dat niet te doen?'

Hij grinnikte: 'Ik ben een **vriend,** en een
goede vriend weet wanneer zijn vrienden hem
nodig hebben... en dat is **altijd!**'

Hij sloeg met een **POOT** op mijn schouder
en zei: 'Ik reken op *jou* en jij rekent op *mij.'*
Hij gaf me een heel speciaal telefoontje dat
ik om mijn nek kon hangen.
'Ger, als je in gevaar bent, druk je op die knop.
Dankzij een speciaal satelliet netwerk

weet ik altijd waar je bent,
waar je ook bent, en **KOM IK JE HELPEN!'**
Ik omhelsde hem dankbaar:
'Bedankt! Je bent een
goede vriend!'

Een goede

daar kun je op rekenen!

INHOUD

Op een ochtend in september kleedde ik me aan om naar kantoor te gaan, maar ik kreeg mijn overhemdknoopjes niet dicht…
Mijn ceintuur moest een gaatje losser en mijn jasje leek wel gekrompen. Of, *eh,* moest ik misschien op mijn gewicht gaan letten?
Mijn neefje Benjamin had een tip: 'Morgen komt iemand bij ons op school vertellen over gezond knagen. Ze heet Balansja Streefgewicht. Kom morgen ook luisteren!'
Juf Streefgewicht vertelde ons alles over eten, maar ook over ons lichaam en hoe dat omgaat met de dingen die wij eten. Wist je dat je wel een uur moet fietsen om een chocotoetje aan calorieën kwijt te raken? Vanaf die dag knaag ik volgens de adviezen van Balansja. Ik voel me veel fitter en ben ook al een paar kilo kwijt!

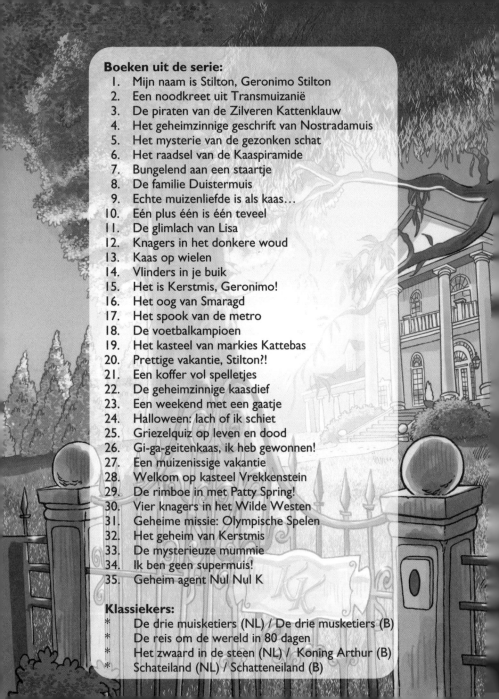

Richting Rattig Rattengebergte

Roverseiland

Tortuga

Galjoen van de Kattenpiraten

Hier zwemmen walvissen

De Gelukzalige Eilanden

Koraalrif

Dolfijnen-baai

Richting Zuidelijke Rattenoceaan

Ankerplaats van de Zwerfkat

Hier haaien!

Golf van de Rotte Tand

Archipel van de Muskusrat

Schilfe haven

Schimmelhaven

Ratfurt

Richting Trillende Snorharenzee

Ratterdam

ROKFORD

Korsthaven

Vuurtoren

Wauweleiland

Uitstekend scheepswrak

Richting Parmezaanse Zee

MUIZENEILAND

Muizeneiland

1. Groot IJsmeer
2. Spits van de Bevroren Pels
3. Ikgeefjedegletsjerberg
4. Kouderkannietberg
5. Ratzikistan
6. Transmuizanië
7. Vampierberg
8. Muizifersvulkaan
9. Zwavelmeer
10. De Slome Katerpas
11. Stinkende Berg
12. Duisterwoud
13. Vallei der IJdele Vampiers
14. Bibberberg
15. De Schaduwpas
16. Vrekkenrots

17. Nationaal Park ter Bescherming der Natuur
18. Palma di Muisorca
19. Fossielenwoud
20. Meerdermeer
21. Mindermeer
22. Meerdermindermeer
23. Boterberg
24. Muisterslot
25. Vallei der Reuzensequoia's
26. Woelwatertje
27. Zwavelmoeras
28. Geiser
29. Rattenvallei
30. Rodentenvallei
31. Wespenpoel
32. Piepende Rots
33. Muisahara
34. Oase van de Spuwende Kameel
35. Hoogste punt
36. Zwarte Jungle
37. Muggenrivier

Rokford, de hoofdstad van Muizeneiland

1. Industriegebied
2. Kaasfabriek
3. Vliegveld
4. Mediapark
5. Kaasmarkt
6. Vismarkt
7. Stadhuis
8. Kasteel van de Snobbertjes
9. De zeven heuvels
10. Station
11. Winkelcentrum
12. Bioscoop
13. Sportzaal
14. Concertgebouw
15. Plein van de Zingende Steen
16. Theater
17. Grand Hotel
18. Ziekenhuis
19. Botanische tuin
20. Bazar van de Manke Vlo
21. Parkeerterrein
22. Museum Moderne Kunst
23. Universiteitsbibliotheek

24. De Rioolrat
25. De Wakkere Muis
26. Woning van Klem
27. Modecentrum
28. Restaurant De Gouden Kaas
29. Centrum voor zee- en milieubescherming
30. Havenmeester
31. Stadion
32. Golfbaan
33. Zwembad
34. Tennisbaan
35. Pretpark
36. Woning van Geronimo
37. Antiquairswijk
38. Boekhandel
39. Havenloods
40. Woning van Thea
41. Haven
42. Vuurtoren
43. Vrijheidsmuis
44. Kantoor van Speurneus Teus
45. Woning van Patty Spring
46. Woning van opa Wervelwind

Lieve knaagdiervrienden,
tot ziens, in een volgend avontuur.
Een nieuw avontuur met snorharen,
erewoord van Stilton.

Geronimo Stilton